Léopold Devillers

La musique à Mons

Notice historique

Antigonos

Léopold Devillers

La musique à Mons

Notice historique

Réimpression inchangée de l'édition originale de 1879.

1ère édition 2024 | ISBN: 978-3-38818-060-1

Antigonos Verlag est une marque de Outlook Verlagsgesellschaft mbH.

Verlag (Éditeur): Outlook Verlag GmbH, Zeilweg 44, 60439 Frankfurt, Deutschland, info@outlook-verlag.de
Vertretungsberechtigt (Représentant autorisé): E. Roepke, Zeilweg 44, 60439 Frankfurt, Deutschland
Druck (Imprimerie): Libri Plureos GmbH, Friedensallee 273, 22763 Hamburg, Deutschland

LA MUSIQUE

A MONS.

NOTICE HISTORIQUE

PAR

LÉOPOLD DEVILLERS.

MONS,

HECTOR MANCEAUX, IMPRIMEUR-ÉDITEUR.

BRUXELLES, LIBRAIRIE HENRI MANCEAUX.

1879

LA MUSIQUE A MONS.

LA MUSIQUE A MONS.

  . . . .

Car toujours dans nos murs, toujours parmi les nôtres
Le culte des beaux-arts a trouvé des apôtres,
Toujours dans sa splendeur leur astre nous a lui.
C'était *Lassus* alors, c'est *Fétis* aujourd'hui.

AD. MATHIEU.

Mons a produit des noms glorieux dans les annales de l'art musical : Roland de Lassus[1], Philippe du Mont[2], François-Joseph Fétis[3]. De savants biographes ont fait connaître le génie et les œuvres de ces célébrités. La notice qui va suivre a pour but de retracer succinctement l'histoire de la musique dans la ville même qui s'honore d'avoir vu naître des sommités de l'art.

Au moyen âge, la musique religieuse était la musique par excellence. L'école de chant grégorien créée à Cambrai sous Charlemagne avait exercé dans notre contrée une heureuse influence que les invasions normandes ne parvinrent pas à détruire entièrement.

On peut inférer d'un passage de la chronique de Gislebert que, dans ces temps reculés, l'église du chapitre de Sainte-Waudru avait une école où l'on enseignait le plain-chant aux demoiselles nobles qui se destinaient à entrer dans ce chapitre [1].

Un fait important prouve la valeur que les chanoinesses attachaient à leurs chants religieux. Elles firent mettre en plain-chant, dans la première moitié du XIe siècle, par Olbert, abbé de Gembloux, les offices de sainte Waudru et de saint Véron, tels qu'ils se chantaient ci-devant dans notre ancienne collégiale [5].

Le cardinal Jacques de Vitry, qui écrivit, au commencement du XIIIe siècle, les annales des églises orientale et occidentale, mentionne aussi l'excellence du chant dans les églises des chapitres nobles de Mons, de Maubeuge, de Nivelles et d'Andenne. « Dans ces églises, dit-« il, il y a, outre les chanoinesses, des chanoines qui, « aux jours de fêtes solennelles, chantent de l'autre « côté du chœur, avec les dites demoiselles, et s'étudient « à répondre à leurs concerts mélodieux [6]. »

Une école latine, placée sous le patronage du chapitre de Sainte-Waudru, avait pour but de former des clercs instruits. C'était la grande école au Surplis. La direction en était confiée à l'écolâtre de Saint-Germain. Les élèves remplissaient les fonctions d'enfants de chœur des églises de Sainte-Waudru et de Saint-Germain ; après quoi, si on leur reconnaissait de l'aptitude, ils étaient dirigés vers les études supérieures pour embrasser plus tard la carrière ecclésiastique. Il va sans dire que l'enseignement méthodique du plain-chant marchait de pair avec les études littéraires, dans un tel établissement, fondé, antérieurement au XIIe siècle, sur le modèle de ces écoles monastiques que Charlemagne avait fait annexer à toutes les cathédrales et aux principales églises de son empire[7].

Il n'est pas possible de découvrir la date de l'introduction dans nos églises, de ce sublime instrument qui accompagne si bien les chants religieux, en un mot de l'orgue.

Toutefois on rencontre dans les plus anciens comptes du chapitre de Sainte-Waudru, remontant à l'année 1342[8], la mention des gages du « clerc qui sonna les orghènes », et du « maître qui rappareilla les orghènes ». Il est permis de croire que longtemps auparavant, cet instrument merveilleux avait été importé dans notre basilique et même dans d'autres églises de Mons.

Le plain-chant domina longtemps dans nos églises, à l'exclusion de la musique proprement dite, qui ne paraît y avoir pénétré, avec éclat, qu'au xve siècle. Avant de parler de cette belle époque de l'art, voyons ce qu'il était, à Mons, dans les temps antérieurs, en dehors des temples et des monastères.

La cour des comtes de Hainaut eut ses trouvères et ses ménestrels. Les premiers étaient, comme on sait, les chantres des exploits guerriers et à la fois des triomphes de l'amour : certains de leurs poèmes se récitaient et les autres se chantaient avec accompagnement de *vièle*[9] ou de *rote*[10]. Le nom d'un trouvère montois, Raoul de Bresy, est parvenu jusqu'à nous[11].

Quant aux ménestrels, c'étaient de véritables artistes, connaissant la musique vocale et instrumentale, sachant par cœur une foule de *lais* ou *chansons de gestes,* et possédant l'art de jouer de plusieurs instruments. A ces talents ils en joignaient parfois d'autres encore, et c'est ce qui a fait dire qu'ils étaient, pour leur temps, des hommes universels.

Dans chaque contrée, les ménestrels élisaient un roi, qui avait pour attributions de maintenir la bonne harmonie entre eux et de diriger leurs études. Le roi des ménestrels de Hainaut et ses compagnons tenaient leurs écoles à Mons, durant le carême : on en trouve la mention à partir de l'année 1406[12]. Ce roi était attaché à la cour du comte de Hainaut. De 1408 à 1412, Jehan Partans était investi de ces fonctions. En 1416, Piétrekin les remplissait. Le comte Guillaume IV de Bavière avait à sa cour un ménestrel, du nom de Jean Hanelet, qui, en

1424, s'intitulait aussi *roi des ménestreux dou pays de Haynnau*[13], et Jacqueline de Bavière avait à la sienne un harpiste *(harpeur)* qui s'appelait *Johannes,* et qui pourrait bien être Jean Hanelet[14].

Les ménestrels firent naître le goût de la musique non-seulement dans la haute société, mais même chez le peuple. C'est à eux qu'il faut attribuer particulièrement les plus anciens chants populaires. Comme instrumentistes, ils se faisaient entendre aux tournois, aux noces, aux processions et dans les églises.

La mention de ménestrels, de joueurs de trompette *(trompeurs)* et de cornemuse existe dans les premiers comptes du chapitre de Sainte-Waudru, de 1342 et années suivantes. On voit par ces comptes qu'il y avait des ménestrels à cheval à la procession de Mons et qu'ils jouaient du chalumeau et de la buccine *(buisine)*.

Les trompettes et les ménestrels figuraient également à la tête des milices bourgeoises, aux jours où elles prenaient les armes.

Nos compagnies militaires dites *serments* avaient, de toute ancienneté, une marche guerrière sur laquelle ont été notées les paroles du *Doudou,* ce chant national dont l'audition réjouit nos cœurs autant qu'il réchauffe notre patriotisme[15].

Au xvᵉ siècle, l'art musical commençait à être tout à fait en honneur dans notre ville. Plusieurs instruments y étaient cultivés : la trompette, le clairon, le tambourin, le hautbois, le fifre, le flageol, la harpe, le luth surtout. D'autre part, les chansons religieuses ou profanes y étaient fort en vogue, dans les réjouissances publiques et à la fin des repas. Les chantres d'église, renommés pour la pureté de leur voix, étaient ordinairement mis en réquisition, pour rehausser l'éclat de ces fêtes.

La musique n'était pas omise dans les drames liturgiques et dans les représentations dramatiques dites *mystères* ou *moralités*. Son rôle était d'une certaine importance aux joyeuses-entrées des souverains[16].

Dans les églises, à l'époque où me voici parvenu, le plain-chant était généralement chanté avec contre-point. L'enseignement du déchant était donné dans les écoles. Vers 1410, un clerc étranger, nommé Rogier, musicien expérimenté, fut appelé à Mons, « pour apprendre les enfants à descanter ». A l'arrivée de ce personnage, qui était pauvre, le magistrat lui fit un présent de 9 livres « pour lui reviestir[17] ». Les progrès de l'harmonie et du contre-point firent naître ces compositions musicales d'un genre inconnu jusqu'alors, qui s'appellent messes, motets, etc.

Une nouvelle ère musicale s'ouvrit pour notre ville, au XVIᵉ siècle. Le chant en musique avec accompagnement de l'orgue et d'autres instruments[18], fut substitué au plain-chant, à certains jours de l'année, dans les principales églises.

A partir de cette époque, le chapitre de Sainte-Waudru eut un maître de chant, des chanteurs et des musiciens. Ces musiciens jouaient du violon, de la basse-de-viole, du basson *(fagot)*, du cor de chasse, du hautbois et des timbales.

Dans les autres églises, la musique fut également admise et cultivée avec succès. La paroisse de Saint-Germain eut un maître de musique, chargé d'enseigner le chant aux enfants de chœur. L'église de Saint-Nicolas-en-Havré fut en possession d'une musique harmonieuse[19] : c'est là que Roland de Lassus[20] fit entendre, pendant plusieurs années, sa belle voix de soprano. Quant à l'église de Sainte-Élisabeth, le chant musical n'y fut introduit qu'en 1609[21].

Le goût de la musique d'église fut favorisé par les modifications considérables apportées aux orgues.

Non seulement toutes nos églises avaient un ou deux de ces instruments, mais il s'en trouvait dans la plupart des couvents et des chapelles. Aussi leur fabrication et leur réparation étaient-elles devenues une industrie lucrative.

Notre ville peut revendiquer plusieurs facteurs d'orgues de mérite, et parmi lesquels je citerai : maître Jean Crinon, qui jouissait d'une grande renommée[22], maître Jean Morel[23], Nicolas Lenglet[24], François le Royer[25], J.-J. et Eugène Ermel[26].

Quoique tenant un rôle beaucoup moins important

que l'orgue, au point de vue de l'art, les carillons occupent une belle place dans les fastes de la musique belge. Ces instruments aériens donnent à nos fêtes publiques un entrain auquel toute la population est en quelque sorte conviée. Le son des cloches[27] produit sur l'âme des impressions diverses, suivant les caractères que ces timbres affectent. On peut dire que le propre d'un carillon bien composé est d'exciter à la gaîté, lorsqu'il redit de joyeuses chansons, ou de provoquer l'enthousiasme, lorsque ses notes perlées font entendre des hymnes nationaux.

Nos églises eurent, dès le xve siècle, non pas de véritables carillons, mais, ainsi qu'on le disait alors, des accords de cloches, c'est-à-dire des sonneries harmonieuses, qu'exécutaient plusieurs timbres, parfois jusqu'au nombre de neuf, ainsi que cela existait pour l'église de Sainte-Waudru.

La tour du Château avait un carillon dans la seconde moitié du xve siècle[28]; elle en reçut un autre, plus considérable, en 1553[29]. Ce carillon se composait (outre la cloche de l'heure ou grosse-cloche, et la cloche-porte[30]), de dix-neuf *appeaux*[31]. Il fut refondu en 1673, et le nombre des cloches fut porté à trente-cinq[32]. Le carillon moderne a trente-huit cloches, toujours non compris le bourdon[33]. Voici quelle est l'étendue de son clavier :

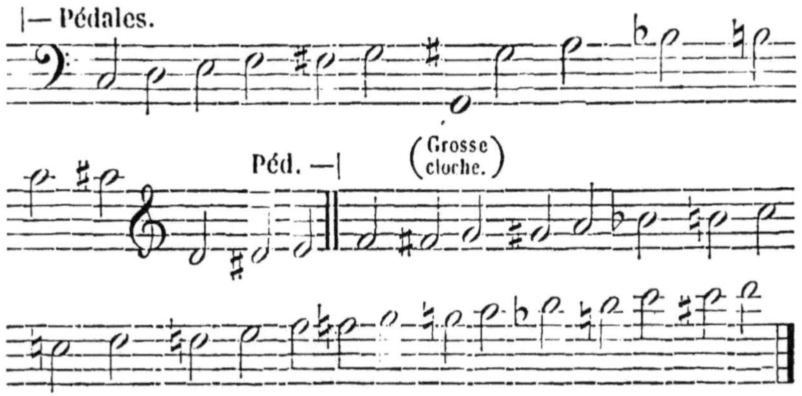

Certaines églises eurent des carillons : la paroisse de Saint-Nicolas, en 1558[34], celle de Sainte-Élisabeth, en 1583[35], la collégiale de Saint-Germain, en 1609[36], et le Val-des-Écoliers, en 1673[37].

Les carillons, dès leur origine, se firent entendre aux jours de fêtes, et servirent, au moyen d'un mécanisme, à annoncer les heures, les demi-heures, les quarts et les demi-quarts. Un horloger montois, Pierre Jugle, excellait dans l'art de faire des horloges à carillon[38].

Nos anciens carillonneurs étaient généralement organistes : plusieurs d'entre eux ont joui d'une certaine réputation artistique[39].

Indépendamment des carillons, dans plusieurs villes du pays, pour égayer les habitants, des ménestrels jouaient sur les places publiques, notamment aux jours de foires et marchés. C'est ainsi que le magistrat de Mons avait pris à son service, le 24 mai 1532, quatre joueurs de hautbois[40]. Ces instrumentistes jouaient, tous les jours, à onze heures du matin et à six heures du soir, en face de la maison de paix (hôtel de ville). Cet usage, suspendu à la suite de la surprise de Mons en 1572, fut remis en vigueur le 15 juin 1574, puis aboli en 1578, et l'on appliqua aux fortifications la dépense qu'il occasionnait[41]. Mais le 19 septembre 1585, le conseil de ville rétablit les joueurs de hautbois dans leurs anciennes attributions, et chargea les échevins de n'admettre que les plus idoines, sous la condition de jouer depuis Pâques jusqu'à la Saint-Remi, à onze heures du matin et à six heures du soir, et depuis la Saint-Remi jusqu'aux Pâques, à onze heures du matin seulement.

Le 16 mars 1549 (n. st.), le même conseil avait autorisé l'établissement d'une corporation de musiciens, sous la dénomination de *Confrérie de Sainte-Cécile*, qui eut sa chapelle dans l'église de Saint-Germain[42]. Il lui donna un règlement, qui fut publié à la bretèque de la maison de paix, le 4 avril 1588. Tous les joueurs d'instruments de la ville étaient obligés de faire partie de cette connétablie. Les organistes et les musiciens-chanteurs y étaient admis. Les instrumentistes devaient pouvoir jouer du hautbois, du cornet, de la flûte et du violon : ils n'étaient proclamés maîtres qu'après avoir su jouer deux morceaux sur chacun de ces instruments[43]. L'organisation dont il s'agit, fut bonne, dans son principe, parce qu'elle empêcha l'art de tomber dans l'état de dégradation où l'avaient mis ailleurs les derniers ménestrels.

Une autre association, dite la Confrérie du Saint-Esprit ou des *compaignons réthoriciens et joueurs d'histoires et farches* fut approuvée par les échevins et le conseil, le 3 décembre 1560. Elle avait pour but de répandre le goût du théâtre, en stimulant par des prix le zèle de ses membres. Les comédiens étrangers devaient payer à cette confrérie deux sols tournois pour chaque représentation[14]. On peut croire, d'après cela, que l'on donna dès lors à Mons des représentations dramatiques à certains jours de l'année. Outre les amateurs de la ville, des artistes ambulants étaient admis à exhiber leurs talents en public, et le grand salon de l'hôtel de ville était ordinairement mis à leur disposition. En 1599 notamment un certain Adrien Talmy et ses compagnons, tous français, vinrent donner des représentations en cette ville. Leur répertoire se composait principalement de comédies et de pastorales, entremêlées de chant et accompagnées de divers instruments[15].

Au xviie siècle, on vit, à Mons, une foule d'amateurs s'adonner à de sérieuses études de chant et de musique instrum'entale. Ces amateurs instituèrent deux associations musicales qui eurent leurs jours de célébrité.

La première, fondée en 1672, sous le patronage de Notre-Dame du Chœur, avait pour objet de chanter en musique, avec accompagnement d'orgue, les offices de la Vierge, tous les samedis et les jours de Notre-Dame, dans l'église de Saint-Germain.

La seconde, beaucoup plus importante, reçut le titre d'*Académie musicale de la ville de Mons*. Cette association, qui se maintint honorablement jusqu'à nos jours, prit naissance en 1678. « Dans ceste académie, disent les « statuts primitifs, ne seront receues que personnes ho- « nestes qui sçachent chanter ou qui aiment la musique, « et ce, du consentement des confrères et à la présenta- « tion de l'intendant qui donnera premier son suffrage « comme en toutes autres choses, et puis les plus vieux « selon leur admission. Celuy qui y sera admis, devra « sitost s'obliger aux présentes lois et ordonnances, et « donner quelque œuvre de musique ou ix sols pour « estre employez en achat de livres musicaux. » L'académie était régie par un intendant, un directeur de musique et un receveur, rééligibles tous les trois ans. Le directeur était chargé de se tenir au courant des messes et des motets les plus beaux du temps, et de recruter des chantres mercenaires ou des amateurs étrangers, dont le concours était reconnu utile.

L'académie avait établi sa chapelle dans l'église de Notre-Dame de Messine. Les confrères y chantaient, le samedi et à chaque fête de la Vierge, une messe solennelle en musique. Ils en chantaient aussi, à l'occasion, dans les autres églises de Mons[46]. Enfin, ils faisaient fréquemment de la musique de chambre dans leur salle d'assemblée.

Les pièces d'une procédure[47] agitée, en 1719, entre les

confrères académistes et les administrateurs de la paroisse de Messine, contiennent quelques détails curieux sur leur institution. Il y est question d'une épinette qui avait été donnée à l'académie par feu le sieur Manissart, « prêtre, noble et musicien ». Cette épinette servit d'abord « à des concerts particuliers que les confrères fai-« saient entre eux et aux musiques qu'on appelait *le* « *Chapelet* et qui avaient lieu tour à tour chez eux, pour « s'exercer ». Elle fut ensuite déposée sur le jubé de l'église de Messine, pour y remplacer l'orgue qui avait été brisé lors du siége de Mons, en 1691. Mais un nouvel orgue ayant été mis sur le jubé, on transféra l'épinette chez le sieur Tevelle. Ce membre refusait d'en faire la remise au valet de l'académie : de là était survenue la contestation, qui se termina toutefois amiablement. Un mémoire produit dans ce procès, apprend que l'académie possédait des instruments précieux et que l'archevêque de Cambrai avait, dans une lettre spéciale, menacé de l'excommunication ceux qui oseraient soustraire ces instruments ou des papiers de musique de la compagnie. Un autre écrit révèle que les confrères étaient, pour la plupart, des amateurs de musique, appartenant à la classe aisée de la cité.

L'académie de musique développa puissamment le goût de cet art à Mons. L'établissement d'un théâtre permanent, grâce à l'initiative du prince-électeur de Bavière, y contribua beaucoup[48]. Le goût de la musique et de l'art dramatique se produisait même dans les maisons religieuses qui se livraient à l'éducation de la jeunesse.

Le 31 août 1711, une tragédie-opéra[49] fut jouée, dans la maison des filles de Notre-Dame, par les demoiselles pensionnaires, à l'occasion du jubilé de la supérieure de cette communauté. La tragédie, qui avait trois actes, était intitulée : *Cicercule, vierge et martyre.* L'opéra, aussi composé de trois actes, portait ce titre : *L'alliance de Climène avec le Jubilé.* La musique de cet opéra était due à Jean-Baptiste Sauton, organiste du chapitre royal de Sainte-Waudru. Les deux pièces furent entremêlées. La représentation commença par un prologue débité par des bergères et des muses dans une vaste campagne terminée à l'horizon par le Mont-Parnasse. Le premier acte de la tragédie fut suivi du premier acte de l'opéra, et ainsi de suite. Un ballet général termina la pièce.

Depuis longtemps, le théâtre établi au grand salon de l'hôtel de ville était devenu insuffisant ; il présentait du reste des inconvénients sérieux. Profitant de l'arrivée à Mons, en 1754, de la princesse Anne-Charlotte de Lorraine, qui venait y tenir sa cour, des amateurs lui soumirent un projet pour la construction d'un théâtre au dessus de la Grande-Boucherie. Ce projet, parfaitement conçu, fut approuvé par Madame Royale — c'est ainsi qu'on appelait la princesse, — et nos amateurs trouvèrent en elle une protectrice éclairée des beaux-arts. Le théâtre fut élevé en 1759 par l'architecte de Bettignies, maître des ouvrages de la ville.

En la même année, l'académie de musique forma, sous le patronage de la princesse Anne-Charlotte de Lorraine, une *société* dite *du Concert bourgeois*. A son origine, cette société, dont le sieur Waroquier était receveur, fut régie par un règlement, arrêté en 1761. L'abonnement de chaque associé était de deux couronnes par an. Après avoir successivement tenu ses réunions dans une chambre du sieur Masquillier, en la rue de la Chaussée, et chez le sieur Charles Fonson, la compagnie s'installa au refuge de l'abbaye de Maroilles[50]. Elle obtint de la ville, en 1775, la cession, à titre précaire, d'une ancienne caserne située dans la rue des Belneux, dont elle fit son local[51]. Le règlement de la société du Concert bourgeois fut révisé le 10 novembre 1768. On y lit que la société devait donner un concert par semaine, depuis le commencement d'octobre jusqu'au mois d'avril. Le concert était ordinairement suivi d'une « coterie ou redoute ». Euterpe pouvait-elle se passer de Terpsicore ?

Parmi les fêtes données, dans les premières années de son existence, par la société, je mentionnerai le concert qu'elle offrit, le 25 mars 1772, aux gouverneurs généraux des Pays-Bas, et où l'on chanta devant LL. AA. RR. un quatuor, un duo et un chœur, de la composition de F. Mathurin[52].

On peut dire que la société du Concert donna, chez nous, l'essor au goût de la musique. Par ses encouragements et par son exemple, elle fit éclore une foule de talents et naître un grand nombre d'amateurs. Dès son principe, elle sut tirer le plus brillant parti de ses propres ressources, des progrès incessants de l'art et surtout des modifications immenses apportées à l'instrumentation. Les chefs-d'œuvre de Handel, de Gluck, de Mozart et de Hayndn furent exécutés dans ses concerts, et depuis lors, la société se tint constamment au courant des productions des maîtres de renom, et ne recula devant aucun sacrifice pour soutenir sa haute réputation artistique.

Je rappellerai ici que c'est au concert bourgeois, qu'en 1793, fut exécutée la première œuvre musicale de François-Joseph Fétis qui, avant d'avoir atteint sa neuvième année, avait écrit un concerto pour le violon avec orchestre : ce morceau fut joué par son père et applaudi comme l'œuvre d'un enfant précoce. A l'âge de neuf ans, il le dit lui-même, Fétis touchait l'orgue de l'église de Sainte-Waudru, accompagnait le chœur des chanoinesses et les anciennes messes de vieux compositeurs allemands et italiens. Notre illustre concitoyen contribua, durant plusieurs années, aux exécutions musicales de la société du Concert, dont son père, organiste et professeur de musique, eut, pendant un certain temps, la direction[53].

La création d'un théâtre important, qui coïncida avec celle de la société du Concert, permit à nos amateurs de constituer un orchestre de symphonie : ce fut un nouveau stimulant pour les musiciens montois.

La musique instrumentale s'était, d'ailleurs, améliorée d'une façon surprenante. Non seulement les instruments en général et les instruments à vent en particulier avaient reçu de notables perfectionnements, mais plusieurs, d'invention moderne, venaient d'être mis en usage.

Lorsqu'en 1787, les patriotes montois s'enrôlèrent pour soutenir l'indépendance du pays, il se forma parmi nos amateurs-instrumentistes un corps de musique pour marcher à la tête des compagnies de volontaires. Ce corps prit la dénomination de *grande musique turque*, à cause du costume oriental de ses exécutants. La musique turque était encore constituée en avril 1794. Dissoute à l'époque de la rentrée des Français, ses membres composèrent, en 1809, la musique de la garde sédentaire. Des témoignages contemporains constatent que la musique turque était composée de musiciens d'élite.

Ces artistes avaient fondé, vers 1805, la *Société philharmonique de Mons*, sous l'habile direction de Jean-François-Joseph Robert[54]. Cette société remporta maintes fois la palme dans les concours[55]. Elle prit, vers 1822, le titre de *Société philharmonique de l'Union*, et plus tard celui de *Société d'harmonie*.

Si notre ville possédait de bons instrumentistes[56], les chanteurs de mérite ne lui faisaient pas non plus défaut, à la fin du siècle dernier et dans le commencement de ce siècle. J'ai, pour ma part, souvent entendu faire l'éloge des fêtes musicales données alors par la Société des concerts et redoutes, et des messes exécutées par l'ancienne Académie de musique.

C'est cette académie qui, pour mettre le sceau aux services qu'elle avait rendus à l'art, jeta les bases d'une école de musique, qui fut ouverte en 1820, et dont J. Robert eut la direction.

Jusque-là, l'enseignement musical était donné en ville par des maîtres ou professeurs. Les élèves se perfectionnaient par des répétitions en commun.

Depuis longtemps, les amateurs se récréaient chez eux par des petits concerts, auxquels les jeunes gens, doués de dispositions musicales, étaient invités. On jouait des sonates, des trios, des quatuor, des quinque, des quintettes, ou bien on chantait avec accompagnement de harpe, de violon, de guitare, etc. Dans maint salon, on trouvait un clavecin et, en dernier lieu, un forté-piano, instrument qui remplaça avantageusement le clavecin par le motif qu'il procure des moyens d'expression que ce dernier n'avait pas.

L'institution de l'école de musique donna une nouvelle vigueur à l'enseignement de cet art à Mons. Cette école fut organisée par le conseil communal, d'après un projet de l'académie de musique, le 11 mai 1835, et les cours en furent ouverts le 13 juillet suivant[57]. Ils comprirent des leçons de solfège et chant, d'instruments à cordes et d'instruments à vent. 150 élèves, garçons et filles, suivirent ces cours, en 1836. L'administration de l'établissement fut remise à la ville par la société des concerts, en 1840, et une nouvelle organisation de l'école eut lieu en 1844. Douze professeurs y furent attachés, et la direction en fut confiée à un maître expérimenté, Jules Denefve, connu dans le monde musical par des compositions remarquables, et qui a donné l'impulsion à nos sociétés de chant.

Réorganisée sous le titre d'Académie de musique, en 1873, les diverses branches de l'enseignement y ont été complétées et l'institution a acquis sous la direction de M. Gustave Huberti (1874-1877) le rang distingué qu'elle occupe aujourd'hui. Depuis sa nomination, le 16 janvier 1878, le directeur actuel, M. Jean Vanden Eeden, ne cesse de consacrer au développement de l'art musical les nombreuses ressources de son talent[58]

Les sociétés chorales font l'honneur de notre époque. Ce n'est pas que le chant en chœur n'ait été cultivé avec la plus grande distinction par nos ancêtres, même en dehors de la musique d'église. Mais ce qui caractérise nos sociétés chorales modernes, c'est l'immense résultat qu'elles obtiennent, de rendre l'art musical essentiellement populaire.

Après quelques essais de chant choral pour voix d'hommes, sans accompagnement d'instruments, un cercle d'amateurs s'organisa à Mons, le 11 octobre 1841, sous la direction de Jules Denefve, et prit la dénomination de *Société Roland de Lattre*. Le 19 décembre suivant, à l'occasion de l'inauguration du chemin de fer de Mons à Bruxelles, la société eut l'honneur d'exécuter, en présence de LL. MM. le Roi et la Reine des Belges, une cantate, œuvre de son habile directeur, auquel elle valut la grande médaille d'or. Cette première exécution fut le prélude d'études de plus en plus actives et sérieuses. Les occasions ne manquèrent pas à la société Roland de Lattre de se produire, et, chaque fois, ses efforts persévérants furent récompensés par les plus sympathiques encouragements. Tantôt elle prenait part à des concours ou à des festivals, tantôt elle en organisait elle-même. Son plus beau triomphe fut au concours de chant d'ensemble ouvert, aux fêtes de septembre de 1847, par la société Méhul, de Bruxelles, sous les auspices du Gouvernement, où elle remporta le premier prix des villes de premier ordre. La société Roland de Lattre fut dissoute à la suite de la fête inaugurale de la statue de Roland de Lassus. Elle avait largement contribué à l'érection de ce monument et en avait popularisé l'idée par tous les moyens qui étaient en son pouvoir[59].

La prospérité dont jouit, dès son commencement, la société Roland de Lattre, fut un stimulant pour d'autres sociétés chorales qui s'étaient successivement formées à Mons. Parmi ces sociétés, il en est deux qui méritent une mention spéciale dans cette revue à cause de la haute considération qu'elles ont acquise. La première est la *Société royale Lyrique*, fondée le 22 novembre 1845, et la seconde, la *Société royale des Ouvriers Montois*, qui date du 14 octobre 1850, époque où un cours de chant d'ensemble pour les ouvriers venait d'être ouvert à l'école de musique, par le concours du directeur et de M. Hippolyte Héro, ex-professeur de l'établissement [60].

Le goût du chant ne diminue en rien, à Mons, le culte de l'harmonie et de la symphonie. Le 15 avril 1855, il s'y est établi, sous le patronage de l'autorité communale, une *Société pour l'encouragement de la musique,* dans le but « de former une bonne musique d'harmonie, composée exclusivement d'habitants de la ville », et le 1er avril 1861, le corps de musique de la garde civique se fusionna dans cette société. Une autre association importante fut constituée, sous la présidence de notre éminent flûtiste M. Charles Derbaix : le cercle de symphonie dit le *Cercle Fétis*, qui fut placé sous la direction d'un amateur de mérite, Pierre Laigle. Le but de ce cercle, aujourd'hui dissous, était de rassembler tous les éléments que renferme la ville pour faire de la musique sérieuse, et de venir en aide aux artistes-musiciens malheureux ou malades. Voilà, certes, une institution qui était capable de faire espérer d'admirables résultats. En effet, ce serait par la réunion des efforts de tous nos instrumentistes que l'on composerait un excellent corps de musique. Il suffit de prendre pour exemple les succès obtenus autrefois par la Société philharmonique. Le progrès n'est soutenable que par l'union, et la bonne pensée d'améliorer la position des artistes malheureux ou malades, était on ne peut plus favorable à cette union.

Toute concurrence musicale dans notre ville n'est possible qu'au détriment de l'art. N'a-t-on pas, pour l'émulation, les concours et les festivals? C'est là que nos exécutants doivent sentir combien est vraie notre devise nationale : l'*Union fait la force !*

Les concours, et en particulier les concours de chant, ne sont pas chose nouvelle à Mons. Les sociétés de rhétorique y avaient habitué nos pères, et les concours de chant étaient si bien entrés dans les mœurs populaires que nous en retrouvons un vestige dans ces soirées de saint Jean et saint Pierre à la suite desquelles un prix est décerné à celui qui a débité les meilleures chansons et en plus grand nombre.

Mais les concours d'exécution de musique d'harmonie et de chant choral, tels qu'ils se donnent à présent, sont, ainsi que les festivals, une innovation artistique de notre temps.

On a pu reprocher bien des inconvénients à ces concours, et dire, entre autres, que les communes qui les organisent, sont mues plutôt par l'appât d'un lucre certain pour leurs habitants, que par l'amour de l'art lui-même. Il n'en est pas moins vrai que ces luttes musicales, entourées de beaucoup de solennité, excitent toujours un vif intérêt et tendent à faire pénétrer dans les masses la bienfaisante influence du plus délicieux des beaux-arts.

Nous en avons des preuves manifestes chez nous, chaque fois qu'un semblable concours y a lieu. Il est vrai que Mons a le bonheur de se trouver à la tête d'une province où la musique est l'objet d'un culte assidu, et dont les communes importantes tiennent à honneur d'être dignement représentées partout où se donnent des fêtes musicales.

A part les concours d'exécution de musique d'harmonie et de chant d'ensemble, organisés par la ville, à diverses époques, notre Société provinciale des Sciences, des Arts et des Lettres a ouvert, à trois reprises, des concours de composition musicale, et elle a eu le plaisir de décerner des palmes à MM. Léon de Burbure, de Termonde ; Jules Denefve, de Chimay ; Jean-B[te] Stevens, d'Enghien, et Leenders, de Tournai[61].

Mons compte aujourd'hui plusieurs compositeurs dont les productions ont été favorablement appréciées. Ce sont : MM. Antoine Willame[62], Philippe Mary, Hippolyte Héro[63], Désiré Prys. Je dois une mention spéciale à notre illustre chansonnier M. Antoine Clesse, sans oublier les romances et les chants populaires de M. Jean-Baptiste Descamps, les excellentes chansons de feu Marcel Grenier et de MM. Pierre Moutrieux, Hippolyte Laroche et Léopold Dumont.

Je finis par l'indication sommaire des institutions musicales qui existent, à ce jour, en notre ville. Ce sont : l'Académie de musique, la Société des Concerts et des Redoutes[64], la Société royale des Ouvriers Montois[65], la Lyre Ouvrière[66], l'Orphéon[67], le Cercle de Sainte-Cécile[68], les Fanfares de Mons[69], les Fanfares du Commerce[70] et le Cercle symphonique[71].

Le tableau qui vient d'être esquissé fait voir que notre ville est constamment restée à la hauteur des progrès de l'art. La solennité musicale des 6 et 7 juillet donnera la mesure des ressources dont elle dispose aujourd'hui. Artistes et amateurs redoubleront d'efforts pour se montrer dignes d'un passé glorieux !

NOTES.

1. « Rendez à *Roland de Lassus* le nom qu'il a inscrit sur ses « ouvrages et qu'il n'aurait jamais dû perdre. Demandez au Gou « vernement que la locomotive qui porte le nom de *Roland De « lattre* prenne définitivement celui de *Roland de Lassus.....* » Ainsi s'exprimait feu Émile Gachet dans une Lettre à l'Académie royale de Belgique, sur la mutilation des noms des grands hommes (*Bullet. de l'Acad. royale*, t. XIX). — Voy. l'article consacré à *Roland de Lassus*, par Fr.-J. Fétis, dans l'*Iconographie Montoise*. L'auteur y a fait bonne justice de plusieurs erreurs qui avaient été répétées à propos du nom et de la famille de Lassus.

La famille de Lassus existait à Mons, dès le XIVe siècle. *Isabeau de Lassus* habitait, en 1565, la *Ghierlande*, rue où naquit l'illustre compositeur.

On conserve aux Archives communales une lettre autographe de Roland. Cette lettre datée de Munich le 16 juin 1575, est signée *Orlando Lasso* ; elle commence en dialecte milanais et se termine en bon italien et partie en français. Le ton badin qui s'y remarque ne peut s'expliquer que par la grande intimité qui existait entre Lassus et les princes de la maison de Bavière, à l'un desquels elle est adressée.

Voici les titres de quelques-uns des ouvrages de Lassus qui ont été imprimés de son temps et qui portent son nom :

Il primo libro dé motetti di Orlando di Lasso. Venezia, Gardane, 1545.

Le quatorzième livre à quatre parties contenant dix-huict chansons Italiennes, six chansons Françoises et six motetz faicts par Rolando di Lassus. Nouvellement imprimé en Anvers par Tylman Susato, 1555.

Lassus, maistre de la chapelle de l'Excellentissime et Illustriss. Duc de Bavière. Nouvelles chansons à quatre parties, convenables tant à la voix comme aux instruments. Le premier livre. En Anvers, par Jean Laet, 1566.

Meslanges d'Orlando de Lassus, ou recueil de ses plus beaux ouvrages en musique. Paris, Adrien Le Roy et Robert Ballard, 1576.

Thrésor de musique d'Orlande de Lassus, 1576.

Premier livre du meslange des pseaumes et cantiques à trois parties, recueillis de la musique d'Orlande de Lassus et autres excellents musiciens de nostre temps, 1577.

Theatrum musicum Orlandi de Lassus.... 1580.

2. C'est ainsi que je traduis : DE MONTE.

Brasseur (*Sydera illustrium Hannoniæ scriptorum,* p. 88) et de Boussu (*Histoire de Mons,* p. 435) écrivent DU MONT et non DE MONS. De son côté, l'auteur de la *Biographie montoise* a, par inadvertance sans doute, accordé à ce personnage deux notices, l'une (à la p. 138), sous les nom et prénom de DUMONT *(Philippe),* et l'autre (pp. 242-247), sous ceux de PHILIPPE-DE-MONS. D'autre part, les œuvres de Philippe portent PHILIPPUS DE MONTE : ce qui doit certes se traduire par PHILIPPE DU MONT. En effet, DE MONS serait en latin DE MONTIBUS (le nom latinisé de notre ville étant *Montes*). M. Robert Van Maldeghem, dans son *Trésor musical,* première année, index, p. VII, a reproduit un passage d'un célèbre critique allemand, Dlabacz, dans son Dictionnaire des artistes de la Bohême, portant que Philippe est repris dans une liste des musiciens de la chapelle impériale de l'année 1582, comme suit : *Philippe de Monte, de Malines,* ville où, d'après des recherches de M. le chevalier Léon de Burbure, une famille *de Monte* aurait existé.

L'indication de la liste précitée (si toutefois on a bien lu) est sans contredit inexacte. D'abord, DE MONTE se traduisant par DU MONT et non par DE MONS, il y a à dire que, de toute ancienneté, une famille de ce nom a existé en notre ville, de même qu'il s'y trouvait aussi une famille DE MONS, dont un membre fut admis, à la fin du siècle dernier, au Béguinage de Saint-Germain dit Les Houppelines. Ensuite, une foule de témoignages que l'on rencontre dans des auteurs quasi-contemporains donnent la preuve suffisante que Philippe, l'ami de Lassus, était à la fois son concitoyen.

C'est peut-être Bullart qui a contribué le plus à répandre l'erreur, par cette phrase de son *Académie des Sciences et des Arts* (Amsterdam, 1682, in-folio), t. II, p. 299 : « La ville de Mons a cette gloire « au-dessus du reste du Pays-Bas, d'estre le lieu d'où sont sortis « les plus excellens Musiciens du siècle passé ; car après avoir « produit Orlande de Lassus, elle a encore donné la naissance à « celuy-cy, qui pour ce sujet a esté appellé Philippe de Mons. » Cet auteur aurait dû se demander quel était donc le nom de famille de Philippe, et il l'aurait trouvé au bas du portrait de Sadeler : *Philippvs de Monte,* PHILIPPE DU MONT, né à Mons, comme l'ont dit Brasseur et de Boussu.

3. François-Joseph Fétis est né à Mons, le 25 mars 1784 ; il est mort à Bruxelles le 26 mars 1871. — Voy. la *Biographie universelle des musiciens,* 2e édition, t. III, pp. 226 et suiv., et l'*Annuaire de l'Académie royale des sciences, des lettres et des beaux-arts de Belgique,* année 1874, pp. 377-418. (Notice sur François-Joseph Fétis, par M. L. Alvin.)

4. « Une fois » dit le chroniqueur, « un comte Regnier, homme pieux et instruit, qui fréquentait assidûment les offices de Sainte-Waudru, cédant à certaines obsessions, s'introduisit avant l'heure des matines dans l'église avec des clercs, tandis que les chanoinesses, enfermées dans leur dortoir, dormaient encore. C'était la fête de saint Vincent, martyr. Après avoir fait fermer les portes sur les intrus, le comte leur ordonne de chanter les matines. A ces chants, qui étaient plutôt des clameurs désordonnées, les cha · noinesses se lèvent et accourent. Trouvant les portes fermées en-dedans, elles attendent dans le cloître et écoutent. Les clercs entonnent un invitatoire commun : *Justus florebit* ; les dames, en-dehors et sur un ton plus décent, se mettent à chanter l'invitatoire propre : *Vincentem mundum.* En entendant cela, le comte leur fait ouvrir et dit aux clercs qu'il avait amenés : « Sortez d'ici, car « ces femmes sont instruites dans l'office divin, et vous n'êtes que « des ignorants ». *Gisleberti chronica* Hannoniæ, éd. du marquis du Chasteler, p. 26.

5. Le Mayeur, *Les Belges*, p. 215. — Ed. Fétis, *Les Musiciens belges*, t. I, p. 53.

On conserve dans la trésorerie de l'église de Sainte-Waudru, plusieurs cahiers in-fol. contenant le chant des offices propres qui s'y célébraient du temps du chapitre. Ces cahiers sont intitulés : « Recueil des festes qui se célèbrent par les Dames du très noble « et très illustre Chapitre Royal de Ste-Waudru servant de Supplé- « ment à l'Antiphonaire Romain. Renouvellé l'an 1733. »

6. *Jacobi de Vitriaco libri duo, quorum prior Orientalis, alter Occidentalis historiæ nomine inscribitur.* Duaci, Balthazar Belle- rus, 1597.

7. Le plain-chant fut également enseigné dans la plupart des autres écoles de la ville jusqu'au XVIIIe siècle. C'est ce que de Boussu rappelle, en parlant de *l'école au Wallon* que le magistrat avait fait bâtir, en 1611, dans la grande cour du collège de Houdain : « Autrefois, on y a enseigné aux internes du Collège le chant Gré- « gorien ; mais depuis 25 ou 30 ans on a délaissé cette pratique « utile. » (*Histoire de Mons*, p. 247). — Les élèves les plus capables de l'école dominicale, instituée dès 1573, chantaient en plain-chant, durant la messe et les autres offices qui avaient lieu dans la cha- pelle de cet établissement.

8. Ces comptes sont déposés aux Archives de l'État, à Mons.

9. *Vièle*, violon.

10. *Rote*, instrument improprement appelé aujourd'hui *vielle*.

11. Rousselle, *Bibliographie montoise*, p. 4. — A. Dinaux, *Trouvères, jongleurs et ménestrels du nord de la France et du midi de la Belgique*, t. IV, p. XXXIII de l'introduction.

12. Voici quelques extraits des comptes du *massard* de la ville de Mons relatifs aux ménestrels :

« Donnet as ménestrels de monseigneur le duc et à pluiseurs aultres qui tinrent leur escolles en le ville de Mons, à *l'Ostel au Pourcelet*, en ayde de leur frais . . . . x livres. »

« Donnet as ménestrels de monseigneur de Liége, le nuit saint Jehan-Baptiste .   . . . x lv sols. »

(Compte de 1405-1406.)

« Donnet au harpeur de madame la ducesse, de courtoisie, pour ce que adont marioit une sienne fille . . . . xlv s. »

« Au roy des ménestreurs de Haynnau et à pluiseurs compain- gnons ménestrels qui ens ou quaresme avoient tenu leurs escolles

en le ville de Mons, fu donnet de courtoisie en ayde des fraix par
yaulx fais . . . . . iiij l. x s. »

(Compte de 1406-1407.)

« A Jehan Parlant, roy des ménestrels de Haynnau, et à pluiseurs compaignons ménestrels qui ens ou quaresme avoient tenut
leur escolles en le ville de Mons, fu donnet de courtoysie en ayde
des fraix par yaulx fais . . . . . iiij l. x. s. »

(Compte de 1407-1408.)

« Donnet as compaingnons ménestreurs qui ens ou quaresme de
ce compte tinrent leur escolles en ledite ville de Mons, en ayde de
leur frais adont fais. . . . . . . iiij l. x. s. »

(Compte de 1408-1409.)

« A Jehan Parlant et ses compagnons ménestrels à no très
redoubté seigneur le conte, donnet au comant des esquievins, le
xxᵉ jour de février, j florin nommet grant angle de Haynnau,
vaut . . . . xlv s. »

(Compte de 1410-1411.)

« A Piétrekin, le roy des ménestrels, fu donnet, au comant des
eskevins, ensi qu'il le requist, le xvjᵉ jour de march, une couronne
de France en or, valloit . . . . xxxiij s. iv d. »

(Compte de 1415-1416.)

« As ménestrels de Madame la Dauphine, le xiijᵉ jour de juing,
donnet de courtoisie, au command des eskievins, ij escus de
Dourdrech de . . . . lvij s. »

(Compte de 1416-1417.)

« A pluiseurs ménestrels qui en le ditte ville de Mons avoient
tenut leur escolle, fu donnet de courtoisie au commant des esquic-
vins en iij moutons de France en or à xxvij s. le pièce, val-
lent . . . . iiij l. xij d. »

(Compte de 1418-1419.)

« Au roy des ménestrels de Haynnau et de Braibant et as compaignons ménestrels, en ayde des frais que fais avoient en tenant
leur escolles en le ville de Mons, fu donnet de courtoisie au commant des esquievins, le xxvijᵉ jour de march . . . cvj s. »

(Compte de 1419-1420.)

« Au roy des ménestrels de Haynnau et à pluiseurs ses compaignons ménestrelz, en ayde des frais que adont fais avoient en
tenant leur escolles en le ditte ville de Mons . . . . xl s. »

(Compte de 1421-1422.)

« Au roy des ménestrels no très redoubtct signeur le ducq de Brabant, fu donnet de courtoisie ensi qu'il le requist, le xvj^e jour de février, une couronne de Haynnau en or de .   xlj s. vj d. »

« Au roy des ménestrels de Haynnau et à pluiseurs ses compaignons ménestrels, en aydde des frais que adont fais avoient en tenant leur escolles en le ditte ville de Mons, fut donnet de courtoisie, ensi qu'il le requisent, au quaresme l'an iiij^e xxiij   . . .
iiij l. ij s vj d. »
(Compte de 1423-1424.)

« Au roy des ménestrels de Haynnau et à pluiseurs compaignons ménestrels, en ayde des fraix que fait avoient en tenant leur escolle en ladite ville de Mons, le jour dou repus dimenche, fu donnet de courtoisie ou command des eskevins . . . . . . iiij l. x s. »
(Compte de 1425-1426.)

« As compaignons ménestrels qui, ou quaresme darain, tinrent leur escolle en ledite ville, donnet de courtoisie en aydde des despens par yaux fais   . . . .   cv s. »
(Compte de 1433-1434.)

« A pluiseurs compaignons ménestrels qui ou quaresme darain tinrent leur escolle en ledite ville, fu donnet de courtoisie, en ayde des despens que fais avoient, ij escus philippus de . .   lvj s. »
(Compte de 1434-1435.)

« Au roy et ménestrelz de Haynnau et de Braibant, qui tinrent leur escolle en ceste ville de Mons, ou quaresme de ce compte, fu donnet en aydde de leur despens iij escus philippus de iv l. iv s. »
(Compte de 1444-1445.)

13. A la mort du comte Guillaume, en 1417, ce ménestrel obtint une pension annuelle de 50 couronnes d'or de France, qu'il toucha à la recette générale de Hainaut jusqu'en 1444, époque de son décès. Plusieurs quittances de Hanelet sont conservées parmi les pièces à l'appui des comptes de la recette précitée, aux Archives de l'État à Mons. Elles portent le sceau de Jehan Hanelet, représentant, au centre, dans un écusson, trois canettes ou hanaps, dont deux sans anse et une à deux anses, disposées deux et une. — M. ALEXANDRE PINCHART a publié le dessin de ce sceau et de curieux renseignements sur notre ménestrel, dans ses *Archives des Arts, des Sciences et des Lettres*, t. III. (Messager des Sciences historiques de la Belgique, année 1867, pp. 93-94.)

14. Lettres patentes, datées de Valenciennes, le 22 février 1420 (v. st.), par lesquelles Jacqueline de Bavière, comtesse de Hainaut, fait don de douze couronnes d'or à Johannes, son *harpeur*, pour faire un voyage à Saint-Jacques en Galice. Ces lettres ont été publiées par M. Lacroix, dans les *Bulletins de la Commission royale d'histoire*, 2ᵉ série, t. VIII, p. 352.

15. Voy. sur le *Doudou*, *Recherches historiques sur la Kermesse de Mons*, par Félix Hachez et Léopold Devillers. (Mons, Hector Manceaux, 1872), pp. 33-34 ; — *Patria Belgica*, 3ᵉ partie, p. 824.

16. Au banquet donné dans l'hôtel de Naast, le 2 mai 1451, à l'occasion du chapitre de l'ordre de la Toison d'or tenu par le duc Philippe de Bourgogne, « plusieurs trompettes, ménestreux et autres sons mélodieux estoient de tous costez. » *Chronique de Mathieu d'Escouchy.*

17. Compte de la ville, de la Toussaint 1410 à la même époque 1411.

18. Plusieurs vitraux peints de l'église de Sainte-Waudru, à Mons, — des années 1512 à 1523, — représentent, dans leur partie supérieure, des concerts qu'exécutent des anges chanteurs et instrumentistes. Les instruments que jouent ces derniers, sont :

Instruments à vent :

Trompette droite. — Cornemuse. — Trompette recourbée avec pennon. — Cor. — Flûte simple. — Flûte longue. — Hautbois.

Instrument à percussion :

Tambourin.

Instruments à cordes :

Luth. — Guitare ou mandoline. — Violon à trois cordes. — Vièle (ou violon) à quatre cordes. — Vielle proprement dite.

J'ai publié un dessin de ces instruments dans la première édition de cette notice, pl. I. (*Mémoires de la Société des Sciences, des Arts et des Lettres du Hainaut*, 3ᵉ série, tome II.)

19. F. HACHEZ, *Mémoire sur la paroisse et l'église de Saint-Nicolas-en-Havré, à Mons*, pp. 6 et 56.

20. « En mémoire d'un si grand homme, dit de Boussu (Histoire « de Mons, p. 180-181), on conserva très longtemps, dans l'église « de St-Nicolas, vers le jubé, une statue avec son nom sur le pied- « d'estal ; elle avoit été posée de la part des magistrats, au rapport « de Philippe Brasseur, avec ces vers :

Montigenæ Orlando, quòd eo nascente renata est
Musica, Montenses hoc posuêre decus.

« Elle a été ruinée vers l'an 1680. »

Henri Delmotte et Ad. Mathieu, dans leurs notices sur le célèbre compositeur montois, ont mis en doute l'existence de la statue dont parle de Boussu.

21. Voy. mon *Mémoire sur l'église et la paroisse de Sainte-Élisabeth, à Mons*, p. 15. — Parmi les enfants de chœur de l'église de Sainte-Élisabeth, on cite Charles-Félix de Hollandre, qui devint maître de chant de l'église de Sainte-Walburge, à Audenarde, et compositeur de mérite. (FÉTIS, *Biographie universelle des musiciens*, 2e édition, t. IV, p. 360.)

22. En 1536, Jean Crinon se rendit à Bruxelles, pour montrer à la cour « plusieurs instruments d'orgues », et en 1538, il répara les orgues de la chapelle du palais. (PINCHART, *Archives des Arts*, etc., t. I, p. 11.) Il plaça, en 1545, sur le jubé de notre église de Sainte-Waudru, un semblable instrument, fait par lui, et qui ne lui fut payé que 450 livres tournois. En 1585, le même facteur livra des orgues à l'église de Saint-Nicolas-en-Havré.

23. Il rétablit les orgues de Sainte-Élisabeth, en cette ville, en 1580 et en 1587. (*Mémoire sur l'égl. et la par. de Ste-Élisabeth*, p. 7.)

24. *Compte de la fabrique de l'église de Sainte-Waudru*, pour 1672.

25. F. HACHEZ, *Mémoire sur la paroisse et l'église de Saint-Nicolas-en-Havré*, p. 28.

26. Par convention du 27 décembre 1780, Eugène Ermel entreprit la confection de nouvelles orgues pour l'église de Saint-Nicolas. (F. HACHEZ, *Mémoire* précité, p. 28.)

J.-J. Ermel et Eugène Ermel, son fils, fabriquèrent des forté-piano qui égalaient en qualité les meilleurs forté-piano qui venaient d'Angleterre. C'est ce que constatent des certificats délivrés en 1785 par J.-B. Sauton, organiste de Sainte-Élisabeth et du Magistrat de Mons, Antoine-Joseph Fétis, organiste de Sainte-Waudru, Antoine-Joseph Sotteau, organiste de Saint-Germain, en cette ville. — VANDER STRAETEN, *La musique aux Pays-Bas*, t. II, p. 125.

Deux luthiers montois méritent une mention dans cette notice : Jean-Baptiste Raingo, né le 2 décembre 1754 et décédé le 25 août 1834, et Charles-Philippe Raingo, son fils, né le 29 janvier 1786 et décédé le 20 juillet 1839.

27. L'origine des cloches remonte à une époque fort reculée. On en attribue généralement l'invention à Paulin, évêque de Nole, en Campanie, au vie siècle. La plus ancienne cloche qui existe actuellement à Mons est celle de l'hôtel de ville : elle date de 1390.

28. Le compte rendu par Robert de Martigny, receveur du domaine de Mons, pour 1475-1476 (aux Archives de l'État, en cette ville), renseigne une somme de 30 sols, payée à Jacquemart Maille, *orlogeur et meneur de l'orloge du chasteau de Mons,* pour « avoir « rallongié les vollans des appeaux dudit orloge, fait v quevilles à « caches servans aux thirans des appeaux », etc.

29. Par résolution du conseil de ville, du 21 juin 1567, Hercule le Joly, organiste du chapitre de Sainte-Waudru, reçut de la ville, 24 livres l'an pour « mettre les chansons à l'orloge du chasteau. »

30. La *cloche-porte* était précédemment posée au clocher de l'église de Saint-Germain. Elle avait été fondue par Jean Houzeau, « ouvrier de grandes forges demeurant à Mons », ensuite d'un contrat avec la ville, passé par-devant des féodaux, le pénultième février 1540, n. st.

31. Toutes ces cloches furent fondues par Me Jacop *(sic)* Waghevens, fondeur de cloches à Malines, et Me Nicolas de la Court, fondeur de cloches à Douay, ensuite de contrats passés le 14 novembre 1550 et le 5 décembre 1551. La cloche-porte ayant été cassée, fut refondue, en 1593, par Me Jean Grongnart, fondeur de cloches et d'artillerie : « elle fut traînée par les étudians du collège de Houdain et autres jeunesses », dit de Boussu, le 21 avril de la dite année, depuis le poids de fer jusqu'à la tour. Cette cloche se rompit en 1701 et fut refondue sur le terrain du château. La grosse cloche ayant été cassée le 25 avril 1706, fut refaite en 1714 par François Barbieux de Tournay.

32. « Le carillon du château composé de 35 cloches a été fondu « en cette ville et placé en l'an 1673 : la grosse cloche de l'heure, « avec laquelle on donne la vollée, n'est pas comprise dans ce « nombre; il n'en manque que deux pour le rendre complet; les « connoisseurs disent que ce carillon est très-bien réussi, très-ar-« monieux, et le plus beau du païs. » DE BOUSSU, *Hist. de Mons,* p. 297.

33. 32 cloches du carillon ont été fondues de 1760 à 1773, et 5 l'ont été en 1820 et 1821. Les experts pour la réception de ces

cinq dernières cloches, ainsi que de la cloche-porte, refondue en 1820, furent les sieurs Philibert Bron, amateur de musique; Fétis, père, organiste de Sainte-Waudru, et Robert, directeur de l'école de musique.

34. VINCHANT, *Annales du Hainaut,* éd. des Bibl., t. IV, p. 92. — Ce carillon fut refait en 1664. (Résolutions du chapitre de Sainte-Waudru, du 30 mai et du 21 juillet 1664.) — De Boussu rapporte que la principale cloche de l'église de Saint-Nicolas était l'une des meilleures de la ville. (*Histoire de Mons,* p. 55.)

35. Voy. mon Mémoire sur la dite église, p. 7. — En 1761, cette église eut un nouveau carillon, lequel disparut en 1794.

36. Voy. ma notice sur *L'ancienne église collégiale et paroissiale de Saint-Germain, à Mons,* pp. 58-60. — Annales du Cercle archéologique de Mons, t. III, pp. 74-76.

37. Résolution du chapitre de Sainte-Waudru, du 13 novembre 1673.

38. Par contrat du 18 septembre 1553, il entreprit l'horloge de la tour du Château, et par autre contrat du 12 juillet 1558, celle de la tour de Saint-Nicolas, aussi avec carillon.

39. Avant le XVIᵉ siècle, on trouve rarement les noms des organistes de l'église de Sainte-Waudru.

Le compte des draps funéraires de 1468 à 1471 fait mention de sire Jehan Saulnier.

Le compte de 1475-1476 renseigne une somme de 60 sols, payée à « maistre Josse, organiste, pour avoir remis à point le petit jeu « des orgues ».

Sire Jehan Campin, prêtre, était organiste de Sainte-Waudru, en 1489.

Voici une liste complète des organistes de notre collégiale, depuis 1525 jusqu'à la fin du siècle dernier :

1525. Maître Jacques Lescailler.

1535. Hercule le Joly. En 1585, le chapitre lui accorda une pension annuelle de 36 livres tournois, indépendamment de son gage. Il mourut le 17 novembre 1594.

1594. Nicolas Joly, probablement fils du précédent, « mort de la contagion » le 10 mai 1628.

1628. Maximilien De le Haize.

1655. Léon De le Haize, fils du précédent, mort le 25 février 1655.

1655. Charles le Clercq. Il se déporta de ses fonctions en 1656.

10 avril 1656. Jacques Du Jardin.

25 septembre 1658. Jean Coulon, décédé en juillet 1668.

8 août 1668 Laurent Galopin, décédé le ... suivant.

12 septembre 1668. Nicolas de Cambray, prêtre, décédé le 16 mars 1679.

19 mars 1679. Jean-François Loudau, prêtre, décédé en 1685.

21 novembre 1685. François Dupont, prêtre. Il se démit de ses fonctions en 1694.

30 juin 1694. Nicolas Benoît, décédé le 13 juin 1710.

18 juin 1710 Jean-Baptiste Sauton, décédé le 2 février 1755.

4 février 1755. François-Joseph Sauton, décédé le 1er octobre 1779.

27 octobre 1779. Antoine-Joseph Fétis, qui reprit ses fonctions à l'époque du rétablissement du culte, en 1802.

La fabrique de Sainte-Waudru ayant fait l'acquisition du grand orgue de l'ancienne abbaye de Cambron, en confia la restauration à Eugène Ermel, qui en fit la remise le 28 mars 1811, en présence du conseil de fabrique, du sieur Hoyost, organiste et professeur de musique à Ath, Tinuite, ancien maître de musique de la collégiale de Saint-Germain et maître de chant à Sainte-Waudru, des sieurs Chalon et Gossart, musiciens, Robert aîné et Trouillez, professeurs de musique, et Fétis, organiste de Sainte-Waudru et aussi professeur de musique.

Les derniers carillonneurs de la tour du Château ont été les sieurs : Ladin*, nommé le 1er messidor an IX (20 juin 1801), en remplacement du sieur Sauton, décédé; Dubois, nommé le 27 décembre 1817, et remplacé vers 1822 par sa fille, feue Mme Holzapfel; et François-Joseph Malissart, nommé le 13 novembre 1823 et décédé le 5 décembre 1855, père du titulaire actuel, M. Charles Malissart, qui remplit ses fonctions depuis le 6 décembre 1859.

40. Hacquin de Lues, Simon de Hestrud, Pollet de Caignoncle et Petit-Jehan de Haussy.

---

* Nos vieillards rappellent avec bonheur la netteté d'exécution avec laquelle Ladin rendait les airs de victoire, sous l'Empire.

41. Les gages de chacun des quatre joueurs de hautbois avaient d'abord été de 24 livres par an. Le 30 juin 1533, le conseil avait élevé ces gages à 30 livres, plus 6 livres « en avancement de une robe « qu'ils deveront faire. » A la Saint-Jean-Baptiste, époque du re- nouvellement du magistrat, ils recevaient deux setiers de vin. Voici le texte de la résolution du conseil, en date du 8 mars 1578, qui les supprima : « ... Qu'il est mal propre au temps présent de jouer des « haultbois à la maison de la ville, estant l'argent bien requis pour « la fortiffication de la ditte ville, aussy que les joueurs font bien « petit devoir ; Messrs (les échevins) ont adviset de représenter au « conseil qu'il seroit bien requis de surceoir leurs gaiges pour « quelque temps et jusques à meilleure occasion. — Conclud de « leur interdire de jouer. »

42. Notice sur cette église, p. 87.

43. M. Lacroix a publié les statuts primitifs de la confrérie de Sainte-Cécile, les articles qui y ont été ajoutés, et des extraits du premier registre de la connétablie, dans le tome v, pp. 154 et suiv., de la 1re série des *Mémoires et publications de la Société des Sciences, des Arts et des Lettres du Hainaut.* — Variétés historiques inédites, n° 6, pp. 12-19.

44. Dès la première moitié du XVᵉ siècle, il existait à Mons une société de rhétorique. — Voyez HACHEZ, *Recherches historiques sur les rhétoriciens de Mons.* A. LACROIX, *Souvenirs sur Jacques de Guise, la chambre de rhétorique,* etc.

45. VANDER STRAETEN. *La musique aux Pays-Bas avant le XIXᵉ siècle,* t. III, p. 92.

46. Le 15 novembre 1685, Émericque-François Le Cocq, prêtre, affecta cent florins de rente à l'entretien de la musique de la cha- pelle Notre-Dame de Cambron, située au faubourg du Parc. (Requête des confrères et maîtres de la musique de N.-D. de Cam- bron, dans le dossier n° 45,013 des procès jugés du Conseil sou- verain de Hainaut, aux Archives de l'Etat, à Mons.)

47. N° 31,731 des dossiers des procès vidés du Conseil souverain de Hainaut.

48. On trouve dans le dossier n° 38,489 des procès jugés du Conseil souverain de Hainaut et dans le dossier n° 1,192 des dépê- ches et avis de ce Conseil au Gouvernement, des pièces fort intéres-

santes au sujet de la troupe de comédiens de Son Altesse Électorale de Bavière. De nombreux créanciers avaient fait saisir les effets et la caution de ces comédiens, après la remise de la ville de Mons sous la domination de S. M. en 1709. La caution s'élevait à 3,000 florins.

Dans une lettre écrite par Maximilien-Emmanuel au comte de Dohna de Compienne, le 15 février 1710, il lui exprime le déplaisir avec lequel il a appris que le Conseil de Hainaut avait fait « arrêter « la troupe de comédiens qui était à son service, avec tous leurs « effets, pour les dettes qu'elle avait contractées pendant le « temps que la garnison ne la payoit qu'en billets de trésorier. »

Le 28 novembre 1712, on remit à Mlle Vasy, comédienne, demeurant près de l'Opéra, à Bruxelles, copie des arrêts et rencharges pratiqués par l'huissier Barbieur les 16 et 24 septembre précédents.

49. Cette pièce a été imprimée à Mons, chez Laurent Preud'homme, 1711, petit in-8°, 55 pp. C'est par erreur que feu Arthur Dinaux (*Archives du nord de la France et du midi de la Belgique*, nouvelle série, t. v, p. 220), en a attribué la paternité à Gilles de Boussu.

50. Elle y avait loué une chambre voisine de la chapelle de ce refuge et qui avait été appropriée à des exécutions musicales. — N° 11,726 des dossiers des procès jugés du Conseil souverain de Hainaut, aux Archives de l'État, à Mons.

51. Un salon y fut construit, et l'un des sociétaires, Jacques-Joachim De Soignie, peintre et amateur de musique, le décora de peintures de fort bon goût. On y voyait Apollon, les Muses, la vallée de Tempé et le mont Parnasse. (*Annales du Cercle archéologique de Mons,* t. II, p. 125.)

52. *Concert dédié à leurs altesses royales par les abonnés du concert bourgeois à Mons, le 25 mars 1772, jour qu'elles l'honorèrent de leurs présences.* A Mons, rue de la Clef, chez Jean-Baptiste Varret, imprimeur. 1772. 8 pp. in-4°.

53. F. FÉTIS, *Biographie universelle des Musiciens,* 2e éd., t. III, p. 227. — Fétis dit qu'à neuf ans, il était organiste du chapitre de Sainte-Waudru. Sa mémoire lui a fait un peu défaut. Le jeune artiste secondait tout bonnement son père.

54. Cet artiste de mérite naquit à Mons, le 29 février 1772, et mourut en cette ville, le 17 juin 1846. Un monument a été élevé à sa mémoire, au cimetière de Mons, par ses concitoyens et amis.

F. Paridaens, dans son ouvrage intitulé : *Mons, sous les rapports historiques, statistiques, de mœurs, usages, littérature et beaux-arts* (Mons, 1819), p. 218, s'est exprimé ainsi : « L'excessive mo-
« destie de M. *Robette* (Robert) me réduit à le ranger parmi les
« musiciens bornés au mérite de l'exécution : souvent nous avons
« entendu des morceaux d'ensemble composés par lui, dont les
« combinaisons sont savantes et l'effet gracieux. Malgré nos in-
« stances, il refuse ses productions à la gravure. »

Je crois qu'il n'est pas sans intérêt de donner ici la composition de la Musique turque dont la réputation a été grande, ainsi que je l'ai dit.

Tambour-major : le comte Tallàrd.

Trompettes : Sarcelle, Liener.

Cors : Anappe, Bertrand, Dubuisson.

Bassons : Descamps, Jenart, Robette, Gervalle, Lebrun, Dubuisson, Roméot.

Clarinettes : Tondreau, Duhoux, Parisan, Raingo, Liener, Chany, Mary, Buisseur, Mayau, Natalis, Joli.

Flûtes : Hoyois, Motte, Midart, Ploui.

Cymbales : Souris, Pesant.

Petite caisse : Drisse.

Tambours de basque : Souris, Gayol.

55. Quatre des médailles qu'elle a obtenues, en 1806 et 1807, à Leuze, à Ath, à Valenciennes et à Enghien, ont été déposées au musée de Mons par les enfants de J. Robert.

56. Parmi eux, j'ai à faire une mention spéciale du fameux violoncelliste *Tondreau,* qui fut longtemps attaché à la chapelle du prince de Chimay. (PARIDAENS, ouvrage cité, p. 217.)

57. Dans l'ancien local de l'école de garçons, rue de Notre-Dame, n° 44 actuel. que l'école de musique a quitté, en janvier 1850, pour être installée dans les bâtiments de l'ancienne conciergerie de l'hôtel de ville, rue d'Enghien, n° 16, d'où elle a été transférée dans les bâtiments de l'ancien couvent des Filles Notre-Dame, rue de Nimy.

Voici la liste des anciens élèves de notre école de musique qui ont obtenu des distinctions au Conservatoire royal de Bruxelles :

Concours de 1858.

LOUIS RICHE, *de Mons.* Accessit de la classe de cor (le prix n'ayant pas été décerné).

Concours de 1862.

Émile Dongrie[*], *de Mons.* Premier prix de violon.
Gustave Knugely.   Id.   de violoncelle.
Arthur Delatour, *de Mons.*   Id.   de cor.
Augustine Humblet, *ibidem*.   Id.   de solfège.

Voulant consacrer un succès si éclatant, l'Administration communale a décerné à chacun de ces quatre lauréats une médaille en argent aux armes de la ville.

Concours de 1865.

Victor Panneels. Premier prix de violon.
Arthur Desmet, *de Mons*. Premier prix de violoncelle.
Stéphanie Bacot, *ibidem*. Deuxième prix de chant.
Augustine Humblet, *ibidem*. Accessit de piano accompagné.

Concours de 1866.

Stéphanie Bacot, *de Mons*. Premier prix de chant.
Antoine Proust, *ibidem*. Accessit de clarinette.

Concours de 1867.

Léon Hallez, *de Mons*. Premier prix de violon.
Édouard Lepoivre, *ibidem*. Deuxième prix de violon.
Antoine Proust, *ibidem*. Deuxième prix de clarinette.

Concours de 1868.

Stéphanie Bacot, *de Mons*. Accessit de déclamation lyrique.
Ch. Dubois, *ibidem*. Accessit de cornet à pistons.
Oscar Hallez, *ibidem*. Deuxième prix de trombonne et de contrebasse.

Concours de 1869.

Maria Vergauwen, *de Mons*. Premier prix de solfège.
Oscar Hallez, *ibidem*. Premier prix de trombonne.
Antoine Proust, *ibidem*. Premier prix de clarinette.
Edmond Lepoivre, *ibidem*. Premier prix de violon.
Charles Dubois, *ibidem*. Deuxième prix de cornet à pistons.

Pour célébrer ce brillant succès, l'Administration communale a

---

[*] Par résolution du conseil communal, en date du 23 janvier 1863, M. Émile Dongrie a été nommé professeur du cours de violon de l'école, en remplacement de M. Siron démissionnaire.

décerné à chacun de ces lauréats une médaille d'honneur, frappée aux armes de la ville.

Concours de 1871.

AD. HANSE, *de Mons.* Deuxième prix de trombonne.

L. FONTAINE, *ibidem.* Accessit de basson.

M. WERWAYEN, *ibidem.* Accessit de solfège.

Concours de 1872.

AD. HANSE, *de Mons.* Premier prix de trombonne.

L. FONTAINE, *ibidem.* Deuxième prix de basson.

M. WERWAYEN, *ibidem.* Deuxième prix de solfège.

Concours de 1873.

L. FONTAINE, *de Mons.* Premier prix de basson.

H. LEVERT, *ibidem.* Deuxième prix de trombonne.

L. HOYOIS, *ibidem.* Deuxième prix de violon.

A. DUBOIS, *ibidem.* Accessit de chant.

Concours de 1879.

MATHIEU ABSALON, *de Mons.* Premier prix de violoncelle.

58. Voici quels sont les cours et le personnel de l'Académie de musique :

DIRECTEUR, M. J. Vanden Eeden.

COURS.	PROFESSEURS.
Harmonie et contre-point, classes d'orchestre, musique d'ensemble et esthétique. . . .	MM. J. Vanden Eeden.
Solfège populaire .	Van Lamperen.
Répétiteur	J. Dequesne.
Chant	E. Blauwaert.
Violon (1er cours) .	E. Dongric.
Violon (2e cours)	Vivien.
Violoncelle .	J. Cockx.
Contre-basse .	E. Vander Heyden.
Flûte et basson.	C. Malissart.
Piano	Geerickx.
Piano (cours préparatoire) .	Mlle S. Bosard.
Id. Id. Id.	MM. Vanden Driessche.
Clarinette et saxophone .	O. Bricourt.

Trompette, bugle et piston .	P. Luyckx.
Cor . .	Eemans.
Hautbois	J. Gautier.
Trombonne, alto et tuba. .	J. Dubois.

La Commission administrative de l'Académie est ainsi composée : Président, M. Aug. Houzeau de Lehaie ; Membres, MM. Léon Paternostre, Léon Grenier, membres du Conseil communal ; Charles Derbaix, Adhémar, comte de Bousies, désignés par le Gouvernement ; François Pecher, désigné par la Députation permanente du Conseil provincial ; Jules Boucher, Adolphe Rouvez, Arthur Franeau, désignés par le Conseil communal.

59. La Société Roland de Lattre a déposé au Musée communal la bannière qui lui avait été offerte, en 1848, par les Dames de Mons, et les quatorze médailles qui rehaussent ce superbe trophée.

60. Voir sur les sociétés de chant d'ensemble qui se sont formées à Mons, depuis 1830 : *Les sociétés chorales en Belgique,* par Aug. Thys, 2e édition, pp. 84-87.

La Société Lyrique eut pour présidents MM. François Legrand, Louis Sury et Arthur Franeau, et pour directeurs MM. Joseph Honoré et Fisscher.

61. *Septième anniversaire de la fondation de la Société des Sciences, des Arts et des Lettres du Hainaut,* p. 33. — *Mémoires et publications,* 1re série, t. III, p. LXIV ; 3e série, t. VI, p. 41.

Jean-Baptiste Stevens est décédé à Mons, le 6 mai 1865. Il était né à Enghien, le 29 septembre 1796.

Jules Denefve naquit à Chimay, le 31 octobre 1814 ; il est mort à Mons le 19 août 1877. Ses remarquables compositions lui ont valu de nombreuses récompenses. Il fut nommé chevalier de l'ordre de Léopold, le 16 décembre 1862.

62. M. Willame est auteur de la musique d'un opéra comique : *Les patriotes, épisode de 1830,* qui a obtenu sur notre scène un brillant succès, en décembre 1863.

63. Trois autres de nos compatriotes, qui ont acquis le droit de cité, MM. Alexis Delfosse, de Beaumont, Philémon Denefve, de Chimay, organiste de Sainte-Waudru, Toussaint, capitaine au 13me de ligne, sont auteurs de divers morceaux de musique qui ont été fort bien accueillis des connaisseurs.

64. Une salle de bals et concerts ayant été construite avec beau-

coup d'art dans le nouveau théâtre, inauguré le 17 octobre 1843, la Société des concerts et des redoutes y a établi son local et a dès lors abandonné le bâtiment de la rue des Belneux, affecté depuis à l'école primaire dirigée aujourd'hui par M. Dewez.

65. La Société des Ouvriers montois a son local au café de la Poste, rue des Clercs.

66. La Lyre ouvrière a été fondée le 1er janvier 1867, sous la direction de M. Ferdinand Sury. Local au café Florent, Grand'Rue.

67. L'Orphéon montois, fondé le 13 octobre 1875, a pour directeur M. Albert Degand. Local au Grand café, Grand'Place.

Il a succédé à la Société des Orphéonistes montois qui, en juillet 1867, a remporté le premier prix et le prix d'excellence au concours de chant d'ensemble donné par la ville de Landrecies.

68. Le Cercle de Sainte-Cécile, fondé le 22 mars 1878, est dirigé par M. Joseph Honoré.

69. Cette société date du 10 mai 1878 et est dirigée par M. Désiré Prys. Local au café de la Poste.

70. Fondée en juin 1878, cette société a pour directeur M. Paul Luyckx. Local au café du Commerce.

71. Le Cercle symphonique, formé le 20 décembre 1878, est dirigé par M. Philippe Postel. Local à la Taverne allemande, Grand'-Place.

Il est juste de mentionner aussi un autre cercle, la Société du Jeune Commerce, qui contribue de tout son pouvoir à rehausser l'éclat de nos fêtes publiques. Le festival que cette société a organisé en 1874 a été des plus remarquables ; 95 sociétés chorales et 174 sociétés d'harmonie et de fanfares y ont pris part.

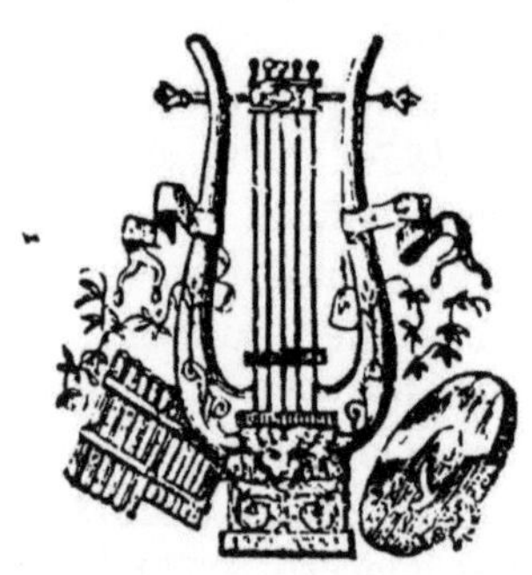